U0068002

貓貓雨

劉正偉詩選

劉正偉 著

新世紀美學 出版

天空下起貓貓雨
柔順如妳細毛的溫柔貓暱
撫摩擁有的美好時光
纏綿，繾綣

雨絲，密密綿綿
如絲，如線
將往事輕輕串起

貓貓雨，有著溫柔的細爪
常常輕易地，將回憶抓傷

目次

| 目次

輯七　思憶症

輯六　夢花庄碑記

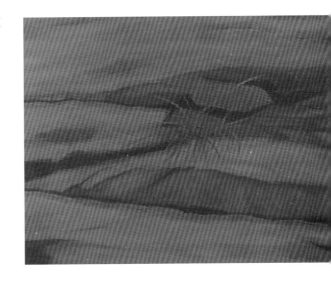

詩的生態是一種多變的姿態

蕭　蕭

　　劉正偉（1967-）的詩是一種生命姿態的展現，就像登過高山爬過峻嶺的人就會有更開闊的視野，住在海岸線、草原邊、森林下的人就會收攬不同的景觀，出入經典的人、出入苦難的人，當然會有寬廣的胸懷。

劉正偉的「詩的生態」

　　臺灣苗栗獅潭人的劉正偉，完成學業後即進入職場，經營冷凍空調公司二十年期間，分身攻讀佛光大學文學博士，以一顆愛詩的心，以一個苦幹實幹的客家子弟身分，擔任《台客》詩刊發行人兼總編輯、《詩人俱樂部》FB 網站創辦人、《華文現代詩》詩刊編委、野薑花詩社顧問，獲得博士學位後，擔任國立臺北大學、海洋大學兼任助理教授，傳授詩藝。因為喜愛抒情詩風，博士攻讀期間鑽研「藍星詩社」發展史，資料蒐羅豐富，訪談密集，出版厚實的《早期藍星詩社（1954-1971）研究》，獲得 2016 國史館臺灣文獻館「學術著作優等獎」，也因為研究藍星詩社，所以產出許多副產品，諸如《覃子豪詩研究》、《新詩播種者－－覃子豪詩文選》、《臺灣詩人選集－－覃子豪集》。這種長期浸淫藍星詩社的閱讀效應，劉正偉的詩風多少也有一些「藍星」薰染後的香氛與顏彩。

　　十八年來劉正偉先後出版六本詩集：《思憶症》（文史哲，2000）、《夢花庄碑記》（苗栗縣政府，2005）、《遊樂園》（苗栗縣政府，2013）、《我曾看見妳眼角的憂傷》（苗栗縣政府，2014）、《新詩絕句100首》（秀威・釀出版，2015）、《詩路漫漫》（苗栗縣政府，2017），其中四由政府機關發行，因此他想以「詩選」的方式擴大閱讀的可能，因而出版了這120首詩的《劉正偉詩選》，做為五十歲的焰火，嚴謹要求自己審視、慎思，再前行。

　　前輩詩人楊風（楊惠南、楊惠男，1943-）在閱讀《遊樂園》後點出「深情」在劉正偉詩中備受珍惜（〈悠遊在《遊樂園》裡〉），新加坡詩人懷鷹（李承璋，1948-）也提出「悲天憫人的情懷」，他說：「詩人悲天憫人的情懷貫徹其間，不刻意渲染，卻能讓人感動。」（〈時空交叉――讀劉正偉〈祈雨〉〉），稍晚於劉正偉的詩人千朔（曾丹群，1969-）則整理出這樣的一段話：「一首詩對詩人而言，是『優雅』的，但在優雅中，詩可感的還有夢般的『虛幻』、雲般的『飄逸』、風般的『自由（想像）』、水般的『執著』，以及詩人不可不見的『憂愁』。」（〈我與繆斯同讀一本詩集〉）。同輩的蔡富澧（1961-）則點出劉正偉把「時間之殤」和「青春之戀」這兩個主題巧妙地融合在詩中。（〈中年男

子的時間之殤與青春之戀〉）。即使是寫地景詩，林廣也看見「詩人劉正偉在風景與情意之間往返交融，寫出了他對土地的感情，傳達了他獨特的觀照與同情，儘管其中也包含了難以掩藏的諷刺與失落，但大抵上都寄託了他的真性情。」（〈談劉正偉《詩路漫漫》的幾首地景詩〉）。

　　顯然，情、深情、真性情，優雅、憂愁，時間之殤、青春之戀，這些詞語成為論述劉正偉的關鍵詞。另外，寫作技巧上，香港余境熹（1985-）在閱讀劉正偉作品後找到「諧音」的特色：「劉正偉經常以諧音為手段，推導詩思，作多番嘗試，相當著意於探索諧音應用在新詩裡的各種可能。」（〈劉正偉新詩中的諧音〉）。喜菡（彭淑芬，1955-）則認為劉正偉「絕句」的推廣方向是詩人近年來作品趨向親民的成效，企望新詩走進民間、人人能寫所造致：「這樣的用心用意，令人稱賞；這樣的書寫，不啻為新詩詩壇開拔一次不一樣的詩運動。」（〈賞讀劉正偉詩集《新詩絕句100首》〉）。菲律賓的王勇（1967-）以「閃小詩」回應，且說：「微型詩因為強調致命一擊的靈光穿透力，反而更適合創新書寫的表達。」（〈挑戰自己〉）。

　　劉正偉自己的詩觀，或許可以藉《遊樂園·自序》來尋

索：「個人以為人生苦短，我們應該抱持遊戲人間的態度，隨緣隨喜，把這世界當成一座遊樂園，而非失樂園，從容面對生死，樂觀面對生活。」「惟有詩，能與永恆對壘。」。因此，當我們面對這本五十歲詩人的《詩選》，我們想見的是五十歲詩人的生命姿態會是怎樣的一種展現。

自然所生的姿態是最美的姿態

劉正偉是一位生活詩人，即使在學界中，不刻意追求學術內涵的深度與高度；劉正偉是一位生活詩人，生活即詩，詩即生活，不刻意探求生活所富含、所匿藏的哲理；劉正偉是一位生活詩人，白描或譬喻是他最直接的傳述手法；劉正偉是一位生活詩人，他深信：自然所生的姿態是最美的姿態。

劉正偉曾是 2015 雲林縣文化處「草嶺創作者計畫」得主，他所寫的〈草嶺之夜〉，就展現了這種自然所生的姿態。

風，是個頑皮的孩子
一經過，就把往事吹翻了

我在這裡躺成一座孤島

任回憶不斷，翻來覆去

也許，孤獨是好的
如此，才能與寂寞
與寂寞的孩子，靜靜交談

我與壁虎道聲晚安
而窗外的蟾蜍，還在
唱他們永不結束的晚安曲

　　草嶺是雲林的偏鄉山林、地質公園，喝咖啡的客人散去以後，夜，寂靜而漆黑，留居山林的人會把黑夜當作是無邊際的海，自己是海上的「孤島」，這樣的一座孤島會有習習的風，讓往事翻湧，「風，是個頑皮的孩子」將這些回憶串連起來，孩子的機靈、慧黠，也就是風的生趣、多變，不會讓人感覺寂寥。因為這樣的孤獨，「才能與寂寞／與寂寞的孩子，靜靜交談」，這一句「寂寞與寂寞的孩子」緊接在「風，是個頑皮的孩子」之後，會讓人覺得這孩子、這風是寂寞的，「風」既頑皮又寂寞，風的存在就更有興味了！當然也可以將「寂寞與寂寞的孩子」歧義為「寂寞」又生出「寂寞」，衍生不絕，另有一種興味。〈草嶺之夜〉

一開始寫風的撥弄，最後是螳蜂的詠唱，不是真孤獨，也不是真寂寞的草嶺之夜。這是自然所生的姿態，自然而有姿，文學裡最基本的「真」的寫照，劉正偉生命的本然。

這是一首回憶的詩，以「風」起興，下一首仍然是回憶性的詩，則換用「雨」來撩起只能回味的往事。

雨，細細的雨一般都稱為「毛毛雨」，即使是河洛語（毛，唸做 mn g，毛毛雨 Mn g-mn g-ho），有可能諧音為「濛濛雨」，但如余境熹所言：劉正偉「相當著意於探索諧音應用在新詩裡的各種可能」，他詼諧地把「毛毛雨」諧音為「貓貓雨」，並以此寫出〈貓貓雨〉的詩。

天空下起貓貓雨
柔順如妳細毛的溫柔貓暱
撫摩擁有的美好時光
纏綿，繾綣

雨絲，密密綿綿
如絲，如線
將往事輕輕串起

貓貓雨，有著溫柔的細爪
常常輕易地，將回憶抓傷

　　第一段有破題的意味，在「毛毛雨」與「貓貓雨」之間，將雨的絲細轉換為貓毛的溫柔，因此想起的是過去美好的時光，細柔、親暱、纏綿、繾綣。第一段是將「毛毛雨」「轉」為「貓貓雨」，所以第二段是「毛毛雨」與「貓貓雨」的「合」，密密綿綿，如絲如線的，既是「毛毛雨」也是「貓貓雨」，同時也因為這密密綿綿，如絲如線，所以切入抒情的主題「將往事輕輕串起」。第三段則是真正詩意的「轉」，貓－－貓毛，毛絨絨，是溫柔的，卻也斂藏著溫柔的爪，「將回憶抓傷」。這一轉，詩意全出。過去如何美好，未說，現在如何惆悵，卻已不說自明了！

　　這時，我想起張愛玲的話：「文學史上素樸地歌詠人生的安穩的作品很少，倒是強調人生的飛揚的作品多。但好的作品，還是在於它是以人生的安穩做底子來描寫人生的飛揚的。沒有這底子，飛揚只能是浮沫，許多強有力的作品只能予人以興奮，不能予人以啟示。」（〈自己的文章〉），這就是「自然」生「姿態」，這「姿態」是自然的美好。
點點累積的姿態是另一種恆久的姿態

〈草嶺之夜〉與〈貓貓雨〉分別以「風」、「雨」起興，都一樣想起往事而惆悵，都因為觸物興懷，因回憶而微微受傷。

這點感興上的哀傷，未嘗不是詩歌恆久的主題。劉正偉的詩作中，往往以層層推湧的方式，揭露這樣的主題。

〈我曾看見妳眼角的憂傷〉是最具體的例子，因為真誠而有些笨拙，笨拙的像潮信，漲時緩緩漲、又緩緩退，緩緩退、又緩緩漲，終究是漲了！時而重複、排比得有些結巴，時而變化、轉進得有些無措，終究是點點累積，層層的推湧了。

「我曾看見妳眼角的一些些哀愁／感傷，關於某些歲月的經歷／遙遠的童年，逝去的青春／生活中的歡欣，或爭執／某些瞬間狂喜，或狂悲」

「我曾看見妳眼角的一些些微光／關於愛情的淬煉，以及傷逝／那些湮遠的記憶，如火山／不時間歇性的噴發／留下一道道熔岩，像流過的淚痕」

「我曾看見妳眼角的一些些幽怨／苦澀，關於男人像時間的無情／我知道，妳付出的愛與生命／獲得的回報，永遠

不及／男人淡淡地繼續無視，妳眼角的哀愁」
是類是疊，是排是比，是層是遞，夾雜而混成，這未嘗不
是人生的實貌，反反覆覆的生命現場。

　　寫自己的生命感觸如是，寫別人的生命際遇也這樣。劉
正偉的〈流浪漢〉：「流浪漢是一枚落葉／偶爾飄落在公
園長椅／偶爾飄泊在騎樓的角落」「流浪漢像風一樣／跌
跌撞撞／一不小心就跌進喇叭聲中」「流浪漢有著沒有朋
友的孤獨／有著世界上最大的寂寞／流浪狗偶爾給他憐憫
的眼神／而橋下的涵洞是全世界／唯一，接納他的棲所」。
流浪漢像一枚落葉，不也像跌跌撞撞的風；「沒有朋友的
孤獨」，不就是「世界上最大的寂寞」嗎？只有流浪狗憐
憫他，只有橋下的涵洞接納他，反覆敘說的就是流浪漢的
淒涼，低階層人物的悲辛，就這樣，兩兩一組的相似詞，
在三段詩中相鄰出現。

　　這種反覆的詠嘆，古典雅頌的《詩經》裡常見，時下流
行的歌曲不可少。

　　最近讀尼采（德文 Friedrich Wilhelm Nietzsche，
1844-1900）的詩，發現尼采有許多篇章也用這種方法，例

如他寫的〈致北風－－一首舞曲〉之四、五段：

游目天野，
我看見你的駿馬，
我看見你的車駕，
我看見你的手腕抖動，
以閃電般的長鞭
對著戰馬的背脊揮打，－－

我看見你跳下車駕，
急躍而下，
我看見你像羽箭般疾飛，
筆直地射入深沉，－－
像是黎明乍現時
穿透過玫瑰的第一道金光。

（陳懷恩著譯：《第七種孤獨－－以尼采之名閱讀詩》P.189-192）

　　一首十一段的詩，類似這樣的段落、句型，反覆歌詠的
語氣，隨處可見，或許這是詠嘆型詩篇常用的模式。一般閱
讀的印象中，同樣是歌行體的作品，李白駕馭這種排比、層

遞情境的詩篇，次數、篇數、激烈高昂處，要勝過杜甫甚多，所以，熱情十足、朝氣飽滿、奮勇向前如劉正偉者，大約也會習慣這種詠嘆調吧！

多變的姿態是最引人的姿態

常，重複，雖是詩歌的主旋律，但，「多變」卻是詩人的共同個性。我一直喜歡前輩詩人白萩（何錦榮，1937-）的話：「今天的我殺死昨天的我。」詩人就該有這種決志。2017 年的八月為了高中國文教科書應有多少比例的文言文，網路、報紙等媒體論述極多，詩人余光中（1928-）提到自己的創作原則：「白以為常，文以應變。」（《聯合報》2017.8.26）說的雖是文言、白話的應用比例，但絕不會是以不變應萬變的詩人，劉正偉也以詩表達「變」之常「態」，翻譯成白話就是「多變的姿態是最引人的姿態」。

當我是一顆卵的時候／我感覺非常渺小、自卑／當我是一條毛毛蟲的時候／大家都說我醜死了／沒有人要跟我做朋友

於是，我偷偷躲起來哭／慢慢地結成一個孤獨的蛹／蜷

曲，躲在陰暗的角落／大家都罵我是個大變態

　　就在這個時候，突然／我長出一對美麗的翅膀／變成蝴蝶，在花叢間飛舞／大家都張大了嘴巴／再也，說不出話來了　〈變態〉

　　大自然裡很多昆蟲如蠶、蚊子、螞蟻、蜜蜂、瓢蟲，都會經過「完全變態」，從卵、幼蟲、蛹而成蟲，特別選擇毛毛蟲與蝴蝶，因為牠們具有醜與美的絕大對比，生活詩人應用大自然的生態元素，也應用人類社會的語態趣味，兩相結合，成就此詩，具有生態的教育意義，也開啟人生體悟的側門，以生物學知識活絡詩教育：「變」，才是生命裡不變的常「態」。

　　在詩作的傳承上，劉正偉也會「因革」前人之作，以「變」去形成另一種新「態」，如仿王添源（1954-2009）的〈給你十四行〉，一變為〈思十四行〉、〈憶十四行〉、〈症十四行〉的思憶症組詩（其中還隱藏諧音效果，（見輯七〔思憶症〕），再變為〈預寫十四行〉的十一行詩，其後留空三行，因為「留下一行，讓白晝陽光舊夢重溫／再空一行，給夜晚的星星夜夜流連／最後再留一行，等待妳，淺淺

的笑靨」（見輯二〔詩路漫漫〕）。其中的因革之理，都潛藏著對前人的敬意。

變，越大，敬意越深。試看劉正偉的〈豹〉：

豹
在沙漠的邊際
蹲著
　盯著
　　等著
綠叢裡的花苞綻放
等著
　等著

忽然縱身一躍
在空中
在羚羊的脖子
創作，炫麗的紅花一朵

　辛鬱（宓世森，1933-2015）的名詩〈豹〉，是靜態的書寫，一匹豹在曠野之極蹲著，以「曠野之極」去對比「一匹豹」，小大懸殊而更見其力；以「曾嘯過」「掠食過」

去對比「蹲著」的一匹豹，動靜之間凸顯詭異；「不知什麼是香著的花，什麼是綠著的樹，不知為什麼的蹲著」，以三句「絕知」的屏息語言去等待生命的一搏，結果卻是「蒼穹默默／花樹寂寂／曠野消失」，是期待落空後的巨大孤獨，好像整個曠野、整個宇宙都被巨大的豹的孤獨所含籠。劉正偉的〈豹〉則以極速、極豔的「一瞬」：「在羚羊的脖子創作，炫麗的紅花一朵」，去特寫，去定格生命的那一瞬。

自變，他變，多變，那姿態都是引人的姿態。

限定的「態」勢裡也有活潑多變的美「姿」

劉正偉寫作了許多十四行詩，有意在張錯、王添源之外，掌握在限定的行數中發展出自己的詩思，譬如〈神木十四行——記拉拉山神木〉，其實就有不錯的信仰：「偶爾有衝動的念頭／就讓落葉隨風去飄泊／偶爾有繁衍的念頭／就讓毬果呱呱墜地去實現／若有蟲鳥的汙衊／就有雨淚清楚的還原」。

2015 年劉正偉還自費出版《新詩絕句 100 首》，降低行數，一樣希望以限定的四行圓滿完成詩意的表達，激發寫作

者的興致與信心。這是在限定的「態」勢裡企圖展現詩的各種可能的美「姿」，一個新詩寫作者、教育工作者所努力闢開的途徑。

〈小三〉

　　救護車警笛由遠而近，又匆匆離去
　　聽說，那個名聞社區的女人
　　將她的心事從十二樓拋下
　　墜落的速度，流言怎麼也趕不上

　　這是社會現實，生活詩人所著意捕捉或無心而遇見的萬象之一。或許我們也可以模仿劉正偉向詩人致意的方式，將此詩改為：

〈小三〉之二

　　救護車警笛由遠而近，又匆匆離去
　　聽說，那個名聞社區的女人
　　將她的心事從十二樓拋下
　　墜落的速度，怎麼也趕不上流言

　　劉正偉的詩展現了這種千姿萬態的生命姿態，在村落，在街角，在我們內心深處脆弱的那一方。我們也隨著他的《詩選》，看得盡世態炎涼，寫不完人間多少常勢定姿。

2017 年處暑後三天　台北市

偉哥賣廣告：劉正偉新詩「誤讀」

余境熹

　　劉正偉（1967-）熱心為人打廣告，有時是替詩集寫序，誠摯地賞析詩人們的好作品，如近日推介《寂寞涮涮鍋》、《荷必多情》等便是。但比起用散文體式寫的序，劉正偉更常以詩為宣傳媒介，廣告好物，招徠四方客，較直白的，如有〈湯圓〉一詩：

紅的，代表圓滿與祝福
白的，代表真心與誠意
湯甜，是幸福甜蜜的滋味
湯鹹，是辛苦耕耘的回味
若還有蝦米、青蔥、茼蒿或花生
配角，代表我們一生忙碌的角色
總是在他鄉的節日慶典粉墨登場

一碗溫暖
一碗鄉愁
點滴在心頭

　　該詩乃為客委會舉辦的「客家湯圓風華特展」而作，曾於臺北市信義區新光三越 A11 旁停車場展覽，寫出了紅白鹹甜湯圓以至餡料配菜所寄托的鄉愁與回憶，在替客家湯

圓賣廣告之餘，亦觸及臺灣客家人的人生實相。顆顆湯圓，使人兼有肉體和心靈的享受，別具含意，甚富內涵。

　　但現在的都市人沒了湯圓能活，沒了蝦米都能活，沒了電子科技，大概半死不活。離開手機，就有了一股鄉愁，點滴在指頭。劉正偉〈距離〉一作，便是在推銷一種軟件產品：

我們相距幾十幾百里
生活上總有不如意的憤慨
或悲傷，欣喜歡愉的分享
關於詩，風景或是愛情
或者喜不喜歡妳我他牠她

距離，是也不是，問題

我們相距幾千幾百里
牽掛只在一線，一念之間
只要妳一隻小指敲敲打打
就能直達，我心底

看出來了嗎？第三節第二行寫「牽掛只在一『線』

（Line）」，縱使相隔幾十百千里，只要安裝即時通訊軟件Line，用小指頭在手機敲敲打打，就能打破空間距離，通暢直達地與密友聯繫，分享心底喜悲、生活順逆，何等方便！按：陌生人之間，社交距離可能也大如幾千幾百里，但情慾來時，一念之間，亦可用Line互相結識，指頭敲敲打打，就能擊中對方寂寞的心，引向越軌的風景，或是奇譎的愛情。

以電子科技偷情，真可謂防不勝防，而一夜歡愉，若珠胎暗結，更可致終生悔憾。早在Line流行之先，劉正偉就寫下〈狂飆少年〉，提醒少男少女做足安全措施，順便推銷避孕商品：

年輕的身影在夢想邊緣追逐
速度快感在風中的極限
生死的一念之際，瞬間
淚水與歡笑在背後捉迷藏
共渡
落葉時節愛恨的紛飛

你說

從兩峰間飆進歡愉之谷
只需一秒

我說
不戴安全帽　會死
不戴安全套　會生

　　這首詩巧用修辭，「兩峰」與「歡愉之谷」象徵女子雙乳和性器，「從兩峰間飆進歡愉之谷」既寫出飛車時的風景變化，又有著性的暗示。道路上的狂飆沒有安全帽會「搞出人命」，床上的衝刺沒戴安全套也會「搞出人命」！「死」「生」對比，又與首節「生死的一念之際」前後呼應，結構緊密。不過，最令人激賞的乃是此作電影感之豐盈，開篇即見年輕人加速奔馳，捲得落葉紛飛，穿過雙峰，隱進山谷，這時「不戴安全帽　會死 / 不戴安全套　會生」的俏皮標語打出，活脫脫便是一則熒幕上的廣告。

　　〈狂飆少年〉的青春氣息，洋溢在香港的商業電台「叱咤903」裡。多年前，叱咤903曾推出「愛上903巴」活動，在公車裡加裝廣播系統，讓乘客能邊乘車邊收聽電台的節目。當時為配合宣傳，叱咤903還寫下一首廣告歌，略云：

「來吧愛就愛　來吧快活難耐　嘴巴可以放開　相識可變相愛　巴不得以一切換來熱愛　連手板也一開再開……」無獨有偶，劉正偉的〈愛〉亦以「愛就愛」開首：

愛就愛了，現在
不問過去，不問未來
過去已經過去，未來未來
現在，愛就愛了

管他世界風狂海嘯
地裂天崩，至少
還貼緊妳兩片性感的溫唇
還擁有妳眼波中的閃電
親愛的繆斯，就讓我永恆
在妳溫柔癡情的眼波中，陷溺

　　「管他世界風狂海嘯／地裂天崩」，那是拋開一切「換來熱愛」；「貼緊妳兩片性感的溫唇」，是嘴巴「放開」束縛，盡情纏吻；「擁有妳眼波中的閃電」，相識的人終於轉成相愛；最後「陷溺」在「溫柔癡情」中，真真是「快活難耐」了。如此觀察，劉正偉的〈愛〉莫非也在熱推香港商業電

台的節目？

　　不戴安全套會生，不戴安全帽會死，死了怎麼辦？土葬
怕土，水葬怕噎到，天葬怕高山症候群——劉正偉的〈泥土〉
另有推介，為新潮的殯葬方式打打廣告：

嬰孩的時候
我是狂暴的君王
時常灌溉泥鋪的客廳
讓父母的回憶氾濫成災

年少的時候
常伴著父親
為剷除禾苗間的稗類
讓汗水爬行在爛泥巴裡

現在的我
為了家庭的飯碗
天天用四輪壓迫著馬路
然後，睡在天空的鳥籠裡

年老，年老以後
我將種在泥土裡
呵護永恆
聽，時間慢慢腐朽的聲音

　　詩寫嬰兒時期給長輩增添麻煩，少年時期助父親刈除稗類，壯年時期為家庭辛勤工作，從「泥鋪的客廳」到田間的「爛泥巴」，都跟泥土關係密切，而「天天」為口奔馳，進入「天空的鳥籠」後，詩的主角就感到既不踏實又很侷促。所以，詩的主角希望死後埋在泥土下，讓自己腐朽，養分能夠護育植物，生命能夠延續永恆。這不就是傳統的土葬嗎？不，劉正偉用上「『種』在泥土裡」，詩所推廣的乃是「綠色殯葬」——把骨灰連同種子裝進可分解的環保容器，「種」入泥中，栽成大樹，轉化生命。這首〈泥土〉與〈狂飆少年〉一樣，以畫面豐富見長，但卻是時空跳接的四幕廣告，給人頗多想像空間。

　　網絡時代，劉正偉幾乎每天都在臉書（Facebook）分享創意成果，其所主持的專頁「詩人俱樂部」更雲集詩界好友，展現新作，評文論藝，其間意見交鋒，時有火花，難怪劉正偉形容臉書為「非思不可，我們每日修行的道場」，

巧妙地利用 Facebook 的諧音，指出臉書是訓練「思」（詩）
維的好處所。不過，「詩人俱樂部」更有其溫情的一面，像
是指引後進之真摯、之不遺餘力，使人相當難忘，而專頁恆
常提供新詩比賽的資訊、報刊投稿的指南等，亦顯見無私互
助的精神。劉正偉〈海螺〉是首推介「詩人俱樂部」的廣告
詩，強調這一社群從生活的喧囂中分別出來，起著吸引新成
員之效：

偌大天地間
只求容身一臥地
避風避雨避世
在混濁的浪潮裡
我只能隨波逐流
浪來時，隱入
潛沉的私密地
殼的堅硬足以阻隔大海
無情的潮弄

不要試圖煩擾我
吹響的螺聲
足以震聵你市儈的耳膜

詩人社團有時被譏為同溫層，但換個角度，在紛擾百端的世間尋著「避風避雨避世」的詩意棲居地，未免不是件幸運的事，而且臉書是「交友」平台，本意也不是用來招仇求敵的。所以，〈海螺〉裡說，置身世間「混濁的浪潮」中，當衝擊如「浪來時」，幾經與「大海」搏鬥、疲倦的人生航行者可以進到「詩人俱樂部」，「隱入／潛沉的私密地」，暫時「阻隔」外間冷酷無情的「潮弄」（嘲弄），於浩瀚天地間，覓著「容身一臥地」。不僅如此，劉正偉還期許「詩人俱樂部」裡用詩「吹響的螺聲」，不為名，不圖利，卻終有日可以「震聵」所有熙熙攘攘「市儈的耳膜」，敲醒被俗務「煩擾」蒙蔽的人心。對詩信仰若此，劉正偉給臉書專頁打的廣告也像是一篇宣言了。

　　劉正偉對詩國勞力勞心，除擔任野薑花詩社顧問，編輯《乾坤詩刊》、《華文現代詩》外，近來又催生台客詩社，鼓動母語詩潮，活躍詩的聲音。《台客詩刊》、《野薑花詩集》等刊物均園地開放，歡迎讀者寄來好作品，而劉正偉的〈女神〉有著向詩人朋友邀稿的意味，可算是一則徵文廣告：

優雅是你的名字，機車也是

機機車車地等到繆斯的出現
繼續人生一段未完成的夢
妳是風是雲是水
愛風的自由雲的飄逸水的執著

如果，我是那片寧靜的海洋
妳終於溫柔執著永恆地流向我
此生，心海將不再波動
就讓我憂愁妳的憂愁，快樂
妳的快樂，日日夜夜守望
癡傻地，等候妳優雅的到來

　　來投稿吧！「優雅」的作品歡迎，「機車」的作品也歡迎，「自由」的「飄逸」的「執著」的詩，一網撈盡，摘優收錄，讓創作者通過寫詩補完所有的遺憾，「繼續人生一段未完成的夢」。來投稿吧！詩刊全人將「寧靜」等待如「海洋」。若創作者的詩「流向」我們，無論其內蘊是「憂愁」，是「快樂」，我們都一同用心感受，「憂愁妳的憂愁，快樂／妳的快樂」。我們「日日夜夜守望／癡傻地」，等待詩人的賜稿……

為這麼多人這麼多事作宣傳，那麼，劉正偉有為自己打廣告嗎？有的，繼廣獲好評的《早期藍星詩史》後，他這精選詩集收錄歷年心血，乃是其詩學、詩才的最佳廣告。我寫這篇文字，不過是廣告的廣告，邀請大家都來細讀劉正偉的佳作，認識他的詩心、詩情。我搖筆吶喊，因為劉正偉是值得推介的詩人。

・刊《台客詩刊》第 5 期，2016.9。（余境熹：香港知名詩人、評論家）

輯一

近期詩作

問佛

早晨的鐘聲敲醒一朵睡蓮
敲響，滿樹爭妍的木棉
季節暖化，兩岸時序紛亂
惟有，暮鼓晨鐘按時敲響
迴盪，熙熙攘攘的人間

佛陀老矣，沙彌都還年輕
佛舘莊嚴，苔痕綠綠
麻雀是不經世事的頑童，蹦蹦
跳跳，穿梭在仙凡佛道之間

花開嬌妍，樹自長它的茁壯
人生，有什麼道理？
天地慈悲，可否告訴我
人心？為何混沌
我鎮日思索著人生之道
遊蕩，在梵音，雅俗之間

2016.12.18
問佛——記兩岸百年詩會在高雄佛陀紀念舘。

致詩人

俱樂部冷冷清清，空無一人
我寫詩的朋友紛紛離去
去喝酒狂歡，擁抱女體
去炒房炒股，就是不炒菜
不寫詩，我頓時感到寂寞

那些高喊革命、理想的詩人呢？
高喊佔領街頭，衝撞體制
高喊女性主義、後現代、後殖民
自詡為詩人的前輩們紛紛停筆
世界空空蕩蕩，我感到無比孤獨

詩人不寫詩，還能是詩人嗎？
餘我獨自一人喃喃自語：
詩心浪漫，惟其永恆
詩路漫漫，惟其堅持

珍珠

我就在你心裡，孕育著
他們名為愛情的結晶
可我，總也有些憂鬱

在我堅強的外表下，懷著
捍衛著一些些騷動
一些刺激，一些分泌
一些甜，不安與苦楚

蚌殼的世界無人能懂
大海總有些隱隱的爭執
一些痛，與傷感

我也想它，圓滿剔透

我渴望妳

我渴望妳，像妳渴望進入我身體
妳渴望我，像我渴望進入妳心裡
像在極地渴望曙光，在大漠
渴望甘霖，在地球渴望與妳纏綿——

我渴望妳，像妳渴望與我交融
在消融中抵達，那些不曾抵達的境地
不再想念，不再張望，不再離別
因你我已交融為一體，消融——

妳渴望我，像火車渴望隧道
閉眼、摩撫、吮吸、張狂，探索
探索每一吋敏感的土地，瘋狂的草原
張狂每一寸張狂，狂野每一分狂野

我渴望妳，像妳渴望進入我
像金魚渴望水草，流星渴望黑夜
行程溫潤，心底忐忑，目光狂野
就讓我們在飢渴中相遇，駁火
且在消融中死去。我渴望你——

風

風是沒有骨頭的漢子
沒有身軀，靈魂招搖
壓力往哪，就往哪邊倒

風是沒有原則的人
到處傳播耳語，說三道四
讓流言像瘟疫蔓延
從這個城市到那個城市

風是輕佻的浪子
挑逗過西施、楊貴妃
掀過孔子、秦始皇的裙裾
轉來街頭，挑逗窈窕的淑女

風是個糾纏不清的傢伙
總是在人們脆弱的時候
搖擺我們無主的靈魂

幻愛

像無所不談的朋友
關心彼此生活，喜怒哀樂
幻想牽手逛街，輕擁
吻別，像一對熱戀的情侶
慵懶躺在床上，傾訴所有

現實，並不允許你們相愛
相互關注，依賴分享安慰
不知名的，遲來的愛
像一對初戀情人，相望無語

熾烈的思念，從不說出口
眼神閃電，霎那直達地心
烙下，永不磨滅的印記

愛情，盡是焚身的野火
都放在心裡，誰也不受傷

日月潭記遊

標高 750 公尺，碼頭浮動
我們在水社碼頭排隊，登船
穿越風颱尾遺留的微雨
名字，從光華島跳到拉魯島

阿婆茶葉蛋自老蔣時代開始熬煮
風味飄香至今，味緒不減當年
觀光客像穿梭的遊船
像天光、流雲，去去來來

我們登上玄光寺眺望雲影
煙霞倒映在絡繹的遊客身上
不論風雨，不辨國籍

夜裡，我們投宿在伊達邵
在邵族的土地上，煮茶論詩
直到，忘記計算月色的明亮
忘記數星辰閃爍的光芒

直到，夜色
淹沒了湖畔的寂靜

・記 2016.9.29 與來台參加濁水溪詩歌節的各國
詩人：汶萊孫德安，新加坡懷鷹、卡夫，馬來西
亞李宗舜、辛金順，泰國楊玲、范軍，台灣蕭蕭
等人同遊日月潭

與新加坡詩人卡夫同遊日月潭

一早，辭別惺忪的星星
我們穿越霧色，迎著朝露
兼程趕路，奔跑在
邵族人和水鹿奔跑過的小徑
在潭邊，舉起犀利的獵槍
不，是鏡頭，捕捉日月
潭和天光，醞釀的水漾柔情

卡夫說：我們是同吃同住
同睡一個屋簷下的戰友。
一起獵景獵雲獵詩獵風雨
濁水溪詩歌節的朗朗詩情
就迴盪在，寶島與星洲之間

訪南陽諸葛不遇

時間剛好，可你不在
莫非？亦要學劉備三顧
您才肯會客，開門見山

環視，臥龍崗已無田可耕
無書可讀，但見悠悠陽光
還輕輕穿透歷史的迷霧
撥開蓊鬱的老松古柏
流連您踏過的田埂
田埂上堅硬的洋灰路

羽扇綸巾在店舖前，賤賣
近鄰瘂弦，聽說遠走加拿大
隆中對、前後出師表早已寫就
卻見附庸風雅的歷代楹聯
早已膏藥式地貼滿你的家園
而三國，以及三國的傳說
還將在漫長的歷史中，繼續演義

．詩記 8 月 23 日赴河南南陽尋諸葛孔明不遇，
童子說他隨劉備去了蜀國……

夏至

太陽踅至北迴歸線上方張望
駐足一下，海島就汗流涔涔
北方的核電廠紛紛顫抖
拖著老命，沉重的運轉

馬路上的柏油，心都軟化
黏滯路人煩躁的步伐
遠方的烏雲，將來不來
廊下的黑狗垂涎何止三尺
吐出的熱氣，讓炎夏更焱了

午後，荷花田裡的綠色青蛙
泡在水裡，露出水靈的眼睛
盯著朵朵粉紫色的荷花
荷花上停駐的紅蜻蜓，冥思

· 2016.06.22，夏至每年 6 月 21 日前後 (20
  日～ 22 日)。
· 夏至為 24 節氣之一。太陽直射北回歸線。

變態

當我是一顆卵的時候
我感覺非常渺小、自卑
當我是一條毛毛蟲的時候
大家都說我醜死了
沒有人要跟我做朋友

於是，我偷偷躲起來哭
慢慢地結成一個孤獨的蛹
蜷曲，躲在陰暗的角落
大家都罵我是個大變態

就在這個時候，突然
我長出一對美麗的翅膀
變成蝴蝶，在花叢間飛舞
大家都張大了嘴巴
再也，說不出話來了

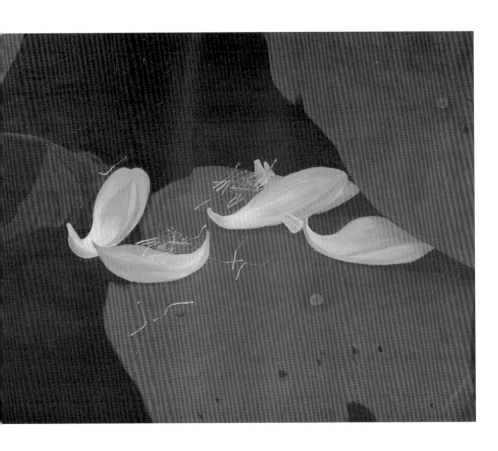

輯二

詩路漫漫

小王子

小男孩的夢想都很簡單
一朵玫瑰花，愛情開了又謝
我們心中，豢養友愛的狐狸
小蛇總有負面的小情緒
希望，一直在星光裡閃亮

國王與酒鬼一直住在我們心裡
我們一直馴養著彼此的孤獨

世界是那麼地遼闊
我們的朋友卻那麼地少

傘

人生旅途總是忽晴忽雨
總想為妳撐起繽紛的花傘
抵擋，外面世界的紛紛擾擾
在每一個晴天陰天或雨天

當純真遇見純真，妳
總是笑面而來，蹙眉而去
開而歡聚，收而離散
中間夾雜生活與歲月的流轉

唉！人生就像一把傘
開闔聚散沾滿淚水
悲歡離合，總是滄桑

樹

我知道，地底埋藏許多
真理，和不可告人之秘密
於是它不斷向下探求
試圖，穿透地心的深邃

我知道，天空有蒼穹無限
意識流竄，想像無垠的未知
於是它不斷努力向上生長
企圖，穿越宇宙的神秘

縱使，颱風暴雨不斷打擊
陽光拷問，雷電威脅
它還是不停地向地，向天
發出，進擊的信號

我知道，它不只是樹
它是一個孤傲的詩人，我

人生

我不走了
山還是向我走來

我向山呼叫
它應我微弱的回聲

我轉向夜色吶喊
黑夜回應我深沉的寂靜

散步北京榆蔭下

傍晚，獨自走出二三環間的旅店
漫步在榆蔭連綿的街道
旁邊喧囂的市聲，皆與我無關

我朝著故宮紫禁城的方向
一直走著，走著
我知道，我並不孤獨
因為有妳的綠蔭一直陪著我

走著走著，北京就黃昏了
直到第一顆星子升起
我知道，我們一直都在
都在，默默，想著彼此

・2014.06.13 於北京 W 旅店

給我遠方的姑娘

一句輕聲道別
影子，就越拉越長了
像遠方朦朧的山頭
依然，記得妳的眸似星子
髮似流雲，唇似野火
膚似初雪，頰似蘋果
眉，卻深深深鎖

深鎖腦海中的還有，嚶嚶
柔情似水的呢呢細語
像整夜滴滴答答不寐的雨滴

給我遠方的姑娘
衾枕被褥就要乾了
快快回到我的臂彎
草要綠了，花要開了
春天，就要來了

預寫十四行

萬籟俱寂，忽然想起淡淡的妳
想起心靈契合的短暫時光
一別經年矣，近乎永恆
總是想起那些漫漶悠悠的
日以繼夜魂縈夢牽的日子
緩緩流過我們細細地生命之河

有天，當我即將告別或不及告別
請記得我為妳寫的這首十四行
留下一行，讓白晝陽光舊夢重溫
再空一行，給夜晚的星星夜夜流連
最後再留一行，等待妳，淺淺的笑靨

思念

將情緒捐給白雲
讓她帶走一些煩憂
將時間捐給睡眠
讓她帶走一些疲憊
將眺望捐給星空
讓她帶走一些思念

然而，將捐什麼給妳？
才能表達我深深的眷戀
於是，我將一些思念捐給妳
好讓妳思念，我的思念

別讓情人不開心

她說左，你千萬別說右
她說吃藥，你千萬要張口
寂寞的時候陪在她身邊
千萬千萬，別讓情人不開心

陪她一起看日落日出
和她一起收集浪漫
張開眼，就可以看到你
千千萬萬，別讓情人不開心

別讓情人不開心
當她對你輕輕嫣然
一笑
你就有了全世界

距離

我們相距幾十幾百里
生活上總有不如意的憤慨
或悲傷，欣喜歡愉的分享
關於詩，風景或是愛情
或者喜不喜歡妳我他牠她

距離，是也不是，問題

我們相距幾千幾百里
牽掛只在一線，一念之間
只要妳一隻小指敲敲打打
就能直達，我心底

拼圖

約好一起完成永恆的拼圖
中間，牽掛兩顆熾熱紅心
重疊的部分，有感動滿滿
和諧律動與怦然的心跳

正下方有行旅的片片段段
鋪上沙灘的足跡，公園的擁吻
左邊，或許有些爭執的裂隙
右邊，塞滿甜而不膩的耳語
上方空白處，填上別離的思念
點綴幾顆夜空中一起採擷的星子

左下方雨滴是淚水流過的記憶
右上方掛著雨後美麗的彩虹
這張圖太大了，讓我們
用一輩子的時間，慢慢拼貼

九月

白露過後，時序就漸漸秋了
秋天從河邊蘆葦開始發慌
從菅芒開始，漸漸蒼白
顫抖的還有潺湲的河
斜陽照上樹梢，柿子就紅了

九月要走一個人的路，妳說
灰面鵟要往南飛，我能說什麼呢
第一道鋒面通過，寒流就要來了
天空想說的，永遠比說的多

妳的心像流雲，本沒有家
偶然的飄過藍天，停駐我心
秋天來了，妳說要走
從此，九月的天空
就再也，沒有聲音了

青春是一場華麗的冒險

我們曾經遇見最美好的彼此
總之，又輕易地錯過彼此
那些浪漫的曾經
都化作美麗的花蝴蝶
不停地在回憶裡，穿梭
來回，起舞翩翩

青春，是一場華麗的冒險
花火年華，無怨的時光
不幸，我們都錯過了彼此
卻留下，回憶歲月中
曾經遇見，最美好的彼此

寄信

徒步到郵局寄信，給遠方
步下斜坡，穿越田埂
越過板橋，彎過曲折小徑
天空陰陰的，快下雨了

望著訊息裡的留言
一封封都已讀
心裡揣摩著妳的想法
惴惴不安著我的思緒
沒有一個字或貼圖鳥我

徒步到郵局寄信，給妳
這是最後一封信了
把思念回憶通通裝進信封
生日快樂：祝妳也祝我
天空的烏雲越積越厚
而我，卻忘了帶傘

周公夢蝶

周公夢蝶去了，一去不返
羽化登仙，從此自在逍遙遊
孤獨國更孤獨了

人生如夢，亦蝶亦幻
從守墓者托缽者穿牆人到燃燈人
孤峯頂上，還有十三朵白菊花
繼續悶燒，剎那的情火

悲苦的煎熬，仍在汩汩訴說
孤獨國中盡是情與懺，悲與喜
難關困頓煎熬與解脫
詩，是你永恆的還魂草

・2014.05.01 午後聞周夢蝶去世而作。
・註：〈逍遙遊〉〈守墓者〉〈托缽者〉〈穿牆人〉
〈燃燈人〉〈孤峯頂上〉皆為周夢蝶詩集《還魂
草》內詩；《還魂草》、《孤獨國》、《十三朵
白菊花》皆為其詩集名。

雪落在中山的土地上

2016 年初，北極風暴震盪了
江雪，剛從湖北搭上高鐵出發
蓄勢待發的江雪，就呼嘯而至
這下柳宗元，還能獨釣寒江嗎？

於是，雪落在元月中山的土地上
落在 24 日晚會秀實的朗朗詩歌裡
落在周雲蓬低沉的歌聲裡，迴盪
落在倮倮、盧衛平、龐白的髮梢
雪與夜，與乎歲月的滄桑，就更深了

雪花飄飄，在窗外與微風跳著舞
夜晚狂歡的人們，欣喜亦若狂
室內，寒冬裡熱騰騰的一鍋
分不清是湖南？還是廣東粥
溫暖著我們游子小小的心田

雪，落在中山的土地上
回程，不論東西南北的詩旅人
紛紛攜回百年滄桑的靄靄白雪

灑在各地，不期而遇後的歸程

‧2016.1.26 讀俤俤詩作有感。(江雪、俤俤、秀實、盧衛平、龐白皆為兩岸公益詩會與會詩人。)

十八劃

看到妳的兩字訊息：珍重
沒有明說再見，只有隱喻
我知道珍重，不再見了

人生何其漫長？又何其短淺
情多麼重又多麼輕，輕則無語
不讀不回，或者，已讀不回
重的可以癡等，可以相許
可以觸及生死永恆

我來回無數次仔細品味
細數珍重二字，共十八劃
一段刻骨銘心，僅剩十八劃
我突然無語，無數的詞彙如魚刺
梗在喉嚨，嚥不下吐不出
秋天的風很涼，無雨無淚
楓葉靜靜思考，是否該落下的時刻

我突然患了失語症，此刻再也
不想說話，不想看不想回應
只是一直想，靜靜地，想
想—— 想—— 想—— 想——

雨落江湖

雨來的時候，江湖初老
妳在湖上孤舟，琵琶彈奏著
伴合，淒淒切切的雨聲
迸裂水上，煙雨就更朦朧了

雨在酒館屋簷，滴落的時候
我酒過三巡，蕩氣迴腸
酒店藏龍臥虎，滿棚而無聲
偶有店小二吆喝，伴幾句私語
除此之外，只有風聲雨聲心跳聲

劍起刀落的時候，只在一秒
湖上的琵琶弦也鏗然
斷裂了，寂寥的午後
酒店，就更寂寞了
瞬時，妳與我四目交接

我想起那年，雨落的時候
村外觀音山麓的避風亭
你挽青梅而回，我騎竹馬避雨
一樣的四目交凝，電光迸閃

桃園遇雪

2016 年伊始，百年不遇的奇蹟
降臨，從台灣頭到陽明山
從林口到桃園龍潭中壢楊梅
雪花，就那麼輕輕飄落了
飄落在大街小巷，在窗口
在小人小孩大人雀躍的心裡

靄靄的中央山脈像一條白色圍巾
圍繞著土地母親的肩領
冷，是冷冽了些
故鄉苗栗的雙親可要保重
雪已經蒼茫了遊子的心頭

不期而遇的百年初雪
要下，就下得深厚些吧
讓異國蒼茫的情調降臨
讓人們敬畏自然的神聖偉大
讓我們領悟無常，一如人生

2016.01.24 詩記桃園降雪。。

蠡澤湖畔

蠡澤湖畔一塊塊鏗鏘的詩碑
吸引湖岸求偶的蛙聲
爭先躍出水面，跳過風聲蕭蕭
扯開嗓門，紛紛吟哦起來

月光是閃閃發亮的詩句
湖面泛起一道道漣漪
星星也沒閒著
撲通撲通跳下水
蠡澤湖，就更綺麗了

‧蠡澤湖為明道大學著名的校園美景。

草嶺之夜

風，是個頑皮的孩子
一經過，就把往事吹翻了

我在這裡躺成一座孤島
任回憶不斷，翻來覆去

也許，孤獨是好的
如此，才能與寂寞
與寂寞的孩子，靜靜交談

我與壁虎道聲晚安
而窗外的蟾蜍，還在
唱他們永不結束的晚安曲

氣爆過後

馬路炸翻了，人們紛紛往外竄逃
身披與火一樣艷紅的鳳凰
一群英勇的警義消，卻拼命
往猛烈的火焰裡，　　衝

我親愛的工作夥伴，在黑夜闖入
白茫茫的迷霧中，神秘的火舌
瞬間從地底爆發，吞噬了黑
醒時卻躺在白蒼蒼的世界裡，加護

我在爆炸範圍之外，盯著農曆七月
城市底，惡夜冒起的鬼火
搶救的警笛呼嘯而過，徹夜未眠
都市底鬱悶的怨氣廢氣怒氣
一夕爆開，炸向蒼茫無語的夜空

全島活菩薩們慷慨紛紛，解囊
濟助災區，混亂無助紛擾的世界
無言的月色，照亮人性的光輝
在港都隨著靜謐的小河，波動

明天過後，土地的憤怒將慢慢平息

親愛的高雄，我沉醉的愛河
氣爆過後，縱使滿目瘡痍
我依然愛妳想妳，念妳

‧ 寫 2014.08.01 高雄氣爆事件。

王功漁港記遊

港口矗立的燈塔像平原上的甘蔗
我們來的時候面臨一片汪洋
只好與海風一起靜靜等待
等待月亮退去她的吸引力
大海就露出她可愛，無垠的眠床

開闊的潮間帶，彷彿摩西開道
於是我們搭上夸父的鐵牛車
向天邊火紅的夕陽，追去

當我們口乾舌燥的時候
海浪，高聲阻止鐵牛的前進
我們用小鐵耙犁起浪花
浪花退去後的沙田
喚起，沉睡的文蛤花蛤
讓他們在我們豐盛的餐桌
浪漫的湯鍋裡，緩緩
慵懶，甜甜地甦醒

金城——金門速寫

聽說砲聲離開很久了
彈片還是源源不絕
天天，磨成鋒利的菜刀
賺取大陸遊客的外匯
豢養，日漸功利的小島

城外古寧頭牆垣的彈孔
城內幾處廢墟的砲戰遺跡
都還在東北季風中，開口笑
海邊的鹿砦、地雷撤除了
方便紅色錢潮一波波湧來

當蔣幫和毛匪手握金門菜刀
喝酒高粱，在街頭遭遇
卻嚼著貢糖，握手言歡
錢幣上的毛蔣老友，迫不及待
在口袋皮夾裡秘密幽會
交疊著，親吻擁抱

當城外海浪洶湧，包圍著孤島
衛兵，悄悄棄守了軍營
只有絡繹不絕的觀光客
嬉鬧聲，擠滿純樸的街道

輯三

新詩絕句一百首

窗

想妳的窗打開
心花，就怒放了

每天種下思念的小草
希望能一直綠到妳的窗前

小三

救護車警笛由遠而近，又匆匆離去
聽說，那個名聞社區的女人
將她的心事從十二樓拋下
墜落的速度，流言怎麼也趕不上

情

心海沉沒的風帆，得用一生的時間打撈
當年的四目相接，年輕的戀人啊
在彼此心上刺了青
從此，就留下了情

月光

月光，從窗口悄悄爬了進來
想探一探我夢底的囈語

今夜，只想靜靜守著這個秘密
我拉上窗簾，輕輕將她推了出去

違章建築

鐵皮，一帖帖淺薄的膏藥
敷在城市斑駁的傷口上

貼也麻煩
撕也麻煩

輯四

我曾看見妳眼角的憂傷

我曾看見妳眼角的憂傷

我曾看見妳眼角的一些些哀愁
感傷，關於某些歲月的經歷
遙遠的童年，逝去的青春
生活中的歡欣，或爭執
某些瞬間狂喜，或狂悲

我曾看見妳眼角的一些些微光
關於愛情的淬煉，以及傷逝
那些湮遠的記憶，如火山
不時間歇性的噴發
留下一道道熔岩，像流過的淚痕

我曾看見妳眼角的一些些幽怨
苦澀，關於男人像時間的無情
我知道，妳付出的愛與生命
獲得的回報，永遠不及
男人淡淡地繼續無視，妳眼角的哀愁

倦

我累了，心也倦了
時間一天天的蒼老
生活的步伐日漸沉重
被歲月遙控的人生
被籠牢情感所困住的靈魂
每天奮力揮動茫然的雙臂
卻只能抓住一把一把的虛無

我倦了，心也累了
我不能，但或許
為疲累的人生，以及人生的疲累
有天，我們或許可以一起
乾杯且痛哭一場，狠狠地

祈雨

今年水庫的旱季來得特別早
太陽狠心地持續加熱
環湖道路兩旁的樹林沙沙細語
無奈地垂頭喪氣，唉聲嘆息
紛紛，落下乾癟的葉雨

我試圖循著龜裂的湖底
探詢童年記憶底，深處
水窪，住著幾隻艱難的水族
相濡以沫，虔誠地祈雨
一如年少時，文字在稿紙上蠕動

水庫的警戒線，越拉越長
直到露出了童年的線索
久違的小土地廟終於探出頭來
魚蝦龜鱉，紛紛對我瞪著白眼
露出他們中年發福的啤酒肚

湖畔乾涸，土地龜裂
逝去的童年填補了巨大裂痕
微風湖畔的山靈眨了幾下
掙扎的魚尾掃過我的眼角

就有了歲月的滄桑

漫長的燠熱與等待之必要
在盛大的雨季來臨前
雨水與文字艱難地醞釀
我數度在湖底與心裡
虔誠地頂禮，膜拜

終於有一天，一陣轟隆的霹靂
撼動黑夜闇闃的靈魂
透明的文字自我眼眶滴下
聽說，那是雨季來臨前的第一滴雨
落入童年困頓饑渴乾涸的裂隙

貓貓雨

天空下起貓貓雨
柔順如妳細毛的溫柔貓暱
撫摩擁有的美好時光
纏綿，繾綣

雨絲，密密綿綿
如絲，如線
將往事輕輕串起

貓貓雨，有著溫柔的細爪
常常輕易地，將回憶抓傷

・註：貓貓雨，毛毛雨的諧音。

英雄

金色陽光穿刺過樹梢，射中
我眼角，滄桑的青春尾巴
我急於閃躲歲月無情的光芒
無奈，時間繼續攻城掠地
我的童年、青春相繼陷落
頭頂的壯士紛紛改旗易幟

我慌張地伸手，向天
想抓住一些光陰的碎片
奈何，空氣回應我一把虛無

最後，我奮力一搏
逆風高歌，以梟雄的氣概
睥睨歲月的無情
以眼角餘光急速甩尾
卻留下悲壯深刻的魚尾紋

射手座的男子

射手座的男子有著溫柔的翅膀
常常在夢寐中飛向詩想像的國度
飛進繆斯妳我溫柔的夢境
同溫共感共鳴的美好時刻

射手座的男子有顆脆弱的心
常為弱勢低泣，為感動潸然
不平則鳴，有著似水柔情
或許是邱比特與獵戶座的化身

射手座的男子有著堅強的意志
常為生活加油，為理想鼓舞
從不退縮，無所畏懼
在生活困頓中奮勇拼博

射手座的男子常常仰望星空
幻想配飾獵戶座腰間的參宿星
像一個追逐夢想的夸父
追捕一串串稍縱即逝的意象
獵風獵雨獵雲
卻逃不過歲月無情的狩獵

那一年，我們十七歲

那一年，我們十七歲
為賦新辭強說愁的青澀歲月
常到樓梯轉角守候，女神的降臨
永恆迷離的一顰一笑
關係茶飯消費與夜的長度

那一年，我們十七歲
常常熬夜，為一則遠方的思念
那些遠颺的身影，獨獨
只留下一抹嫣然的永恆

那一年，我們十七歲
想念是世界存在的唯一理由
閃亮的星是天地間唯一的動態
常常想逃離家的溫暖或者枷鎖
在孤寂的山村獨自豢養強大的黑

那一年，我們十七歲
一半屬於思念
一半被黑夜收藏

登合歡山

攀登這片土地高聳的稜線
俯拾，天外飄來的雲朵片片
駐足連綿百萬年的山脈
曲線，是永恆凍齡的波浪

雲霧的冰涼漸漸襲上心頭
俯瞰山巒間盤桓的孤鷹
遠處無聲翻騰，西方的陰霾
就留給太平洋來的風雨

登上合歡山頂，領悟
人生必須經過幾番風雨
不斷，奮力攀爬
才能擁有幾回登頂的美好

矗立天地人合一的境界
管他山下世間的紛紛擾擾
這一刻，且讓我獨享
永恆剎那間，難得的清境

貓

親愛的繆斯，請將我
變成一隻可愛的小流浪貓
我將被心儀的人兒收養
夜裡，溫暖她的被窩
守護她的夢境不被驚擾

傍晚，躺在她的懷裡撒嬌
隨著她的白日夢起伏
用溫潤的舌尖，親親
在她酡紅的臉頰
輕輕的寫一首小情詩

瓶中信

夢裡，悄悄地捎一封信給妳
信裡寫滿別後的思念
我將它輕輕託付大海
寄望溫情脈脈的潮汐
將它帶到遠方伊人的跟前

彼時，或許瓶身已長滿青苔
那是思念隨著時間增長的痕跡
希望摯愛的女神能在夢裡
溫柔地將它輕輕拾起
妳將發現裡面不變的三個字
而那時，或許，我已走入了永恆

平安符

妳送我隨身的平安符
彷彿將心交到我手中
天真的動作，莫名的感動
小小的符籙，衷心的祝福

妳送我貼身的平安符
一個紅通通熱忱的心
我將它放在左心室前的口袋
好感覺妳怦然的心跳
不停，在符與胸口間激盪

愛

愛就愛了，現在
不問過去，不問未來
過去已經過去，未來未來
現在，愛就愛了

管他世界風狂海嘯
地裂天崩，至少
還貼緊妳兩片性感的溫唇
還擁有妳眼波中的閃電
親愛的繆斯，就讓我永恆
在妳溫柔癡情的眼波中，陷溺

春夢

夜裡，我的無數煩惱絲
因思念，紛紛激動起來
每一根都豎立
像一條條小蛇
急欲穿過夢境
飛奔而去，向你的夢裡

夢裡，無數小蛇化作黑夜幕簾
溫柔地，將兩人輕輕地纏繞
愛的蛇信，燙熟了一顆蘋果
夜，就更深了

秘密

秘密秘密秘密
妳總是藏著許多甜甜的小可愛
春風一再地探問
妳總是像小黃花般輕輕地搖搖
癡心的蜜蜂辛勤地採蜜
卻只獲得一些些小小的線索

窗前溫柔的月娘
是否可以？悄悄地跟妳說
夜裡，請幫我穿過她的窗櫺
赤足躡過迷人的髮梢
偷偷進入她的夢裡
看看是否？有我的名字

雨夜

今夜又是濛濛細雨
如妳，離去時的暗夜
只留下一棵孤寂的樹
在雨中默默承受
滴滴答答的雨聲

或許，樹梢上面
那一彎孤單的下弦月
也在烏雲背後，暗自啜泣

一段感情，兩份傷悲
一樣的雨夜，兩樣的時光
如果時光能夠倒轉
是否？會有不一樣的雨夜

阿里山觀日出

清晨，太陽勃起
厚實的手掌熱情如火
輕輕地，輕輕
解開姑娘一襲黑色雲霓

這時，雲杉顫慄
滴落一身冷汗
雲雀紛紛歡喜高歌
山谷都激動了起來
天地，就有了

愛

新台灣人——記假油事件

超市賣的花生油裡沒有花生
辣椒油裡從來也不見辣椒
橄欖油裡當然也不會有橄欖
就像太陽餅裡沒有太陽
老婆餅裡沒有老婆一樣自然
你必須習慣，因為
你住的地方叫福爾謀殺

人們的肚裡撐飽著劣質米
裝滿香精色素塑化劑銅葉綠素
皮肉吸收過剩的成長激素
外星人正在基因改造同胞
經過 CNS 國家標準認證的新新人類
百毒不侵的生化人種
名為：新台灣人

流浪漢

流浪漢是一枚落葉
偶爾飄落在公園長椅
偶爾飄泊在騎樓的角落

流浪漢像風一樣
跌跌撞撞
一不小心就跌進喇叭聲中

流浪漢有沒有朋友的孤獨
有著世界上最大的寂寞
流浪狗偶爾給他憐憫的眼神
而橋下的涵洞是全世界
唯一，接納他的棲所

小草

瘋雨雷電的憤怒肆虐
土石流狂暴的情緒宣洩
滿目瘡痍的大地傷痕，是否
上天對人們濫墾伐的一種報復
小草，最先發現大地的嗚咽
一吋一吋抓住泥土，心手牽連
溫柔地，將創傷撫平

一次又一次的選舉
旗幟文宣政客名嘴
將族群的瘡疤狠狠撕裂，是否
是上蒼對島嶼一次又一次的詛咒
我的左右鄰居是一株株小草
總是默默工作與生活
總是露出和諧慈愛的微笑
溫柔地，將傷口撫平

雞講也

有人問我：你有多少台灣意識？
從我呱呱墜落這片土地
我的父祖姐婆都住在這個山村
腳踏的地、頭頂的天
種的稻、喝的水、吃的米
都在這個山谷

你問我？是不是台灣人
我迷惑、起笑、低泣
每天質問我是不是台灣人
我感到莫名的悲哀
我墳墓裡的阿公的阿公的阿公
應該也會感到悲哀吧

• 此詩有感而發：〈雞講也〉取台語諧音「多講的」，
「多此一說（問）也」。。

泥土

嬰孩的時候
我是狂暴的君王
時常灌溉泥鋪的客廳
讓父母的回憶氾濫成災

年少的時候
常伴著父親
為摯除禾苗間的稗類
讓汗水爬行在爛泥巴裡

現在的我
為了家庭的飯碗
天天用四輪壓迫著馬路
然後，睡在天空的鳥籠裡

年老，年老以後
我將種在泥土裡
呵護永恆
聽，時間慢慢腐朽的聲音

昇華的靈魂——
悼外祖父逝世七十週年

1943 年的世界，煙硝瀰漫天空
彈雨空襲每一個驚惶的城市
彈片扎痛每一個幼小的瞳眸
時間之河是史上唯一逃脫的戰士

那一年，一個二十歲的新郎
天皇徵召你進入大東亞共榮圈
踏入故國忐忑的江山萬里
無情槍彈輕輕穿過你熾熱的胸膛
太陽剎時倒下，亞細亞的孤兒
猶緊緊握著新婚的照片
且不知我母親在新娘肚裡的胎動

1943 年，熱血沸騰的大地
一個永恆的年輕生命在此駐足
在兩個偉大的祖國之間
你是唯一，昇華的靈魂
時間之河猶在日夜喧囂，嗚咽

輯五

遊樂園

當風起時

雲的名字寫在水上
風一吹
就散了

然而，心裡有個深深的烙印
那年夏天，妳錯手
將名字寫在水上
寫在我，小小的湖心
從此，當風起時
偶然下著綿綿細雨
或在幽微的夢裡
細細的水紋
總是不經意地，微微
漾著

洛神花賦

彷彿幾千年前的神話
妳搖曳在我眼前的風中
曼妙的舞姿
彷如傳說中的洛水女神
我不是曹植
七千步仍賦不了一首洛神

就當是萬步詩吧
遺憾的是
妳已然在我眼前七步走過

・註：洛神名宓妃，是古代中國神話中伏羲
氏 (宓羲氏) 的女兒，因溺水於洛水，封為洛
神。曹魏時期，七步成詩的曹植曾寫一篇〈感
甄賦〉，後改名〈洛神賦〉，因此賦，她的嫂
子甄氏被後世認為是洛神轉世。

遊樂園

我們在遊樂園玩捉迷藏
躲著躲著
忽然，一張開眼
頭髮就斑白了

再回到遊樂園
看著別人的童年和自己的
在爭執，在搶著
誰不當誰的朋友
誰又不當誰的女朋友

踉蹌的走到秋千架，盪千秋
是否？盪的愈高
直到了雲層的高度
就可以碰到童年的玩伴
一起歡笑
一起在遊樂園

○○ XX

我吻過你的悲傷
像熱帶魚吻著晶瑩的珍珠
我穿越你幽怨的森林
像越過海底的水藻
聽過你無數歡愉的歌聲
像微風輕輕飄過幽谷

在某個狂熱的仲夏夜
我探索你的 OO
你安撫我的 XX
一段悲喜交加的瘋狂季節
OOXX

我有一個叫寂寞的朋友

我有一個叫寂寞的朋友
白天，他躲在我腦海
時而，泅泳
時而，衝浪
常找不到時間聊聊

傍晚，他化作長長的影子
拖著沉重的步伐
陪我繞過朵朵街燈
回到一個熟悉而陌生的窗前

現在，他化作詩行
時而，跳躍
時而，跌宕
我輕輕擁他入懷，細細呵護
希望他好好入眠，快快長大
一個叫寂寞的朋友

白鷺鷥

思念是一隻白鷺鷥
每天清晨佇足你的窗前
不會聒聒，不善言語
靜靜在田野啄食你昨夜的夢囈

那純潔的白鳥啊
願陽光帶走你的陰霾
微風吹乾你的淚痕
如果，你偶而看到癡癡的眼神
那是幸福的白羽
總想穿過月光，穿越夢境
在你的臉頰輕輕一啄
就只是輕輕一啄

白髮女巫

白髮女巫有著淺淺的笑
輕輕的笑聲震碎了月光
在庭院裡灑下一地的碎玻璃
她總在星夜悄悄來入夢
施展魔法將周公趕跑
她常常從螢幕走出來
從文字跳出來
牽扯著，糾纏著夢

夢裡女巫有白髮
女巫有夢
白髮女巫愛在靜夜中歌唱
哼著輕柔的音符
唱著悠遠的歌聲
白髮女巫喲
誰甘心做妳的俘虜

風和雨

滴，是窗外落下的雨絲
答，是敲鍵盤對妳的回應
滴滴答答
是妳言不及義的文字
我語無倫次的話語
傳遞漫漫長夜的風聲

風和雨，僵持著
妳和我，沉默著
沉默的人間六月天
窗內，無風無雨
窗外，滴滴答答

三個字

說不出口的三個字
曖昧，在我們之間流轉
盯著螢幕的游標
多麼希望下一個字出現我
那將會讓人心跳加速到一百八
第三個字代表我的你
就算以和稀泥的泥字代替
我也能立馬感應

至於躡手躡腳的第二個字
許多人讀來總是憋憋扭扭礙手礙腳
礙曖曖嫒嫒得，唉
既期待又怕受傷害的第二個字
積累了數萬種情緒的醞釀
損耗了多少個夜晚的嘆息

讓人屏息以待
足以令人窒息的三個字
千萬千萬別說出口
一旦冒出了芽
春天就要啟程去旅行
有人就要開始去逃亡

過客

如果有一天
我消失於茫茫人海
請不要尋我
我不是在夢中，就是往永恆的路上
有人說：帶點不期而遇的旅行
才能發現生命的驚喜

終究，我只是你旅途中
微不足道的，渺小的
，
我不是太陽
只是幽谷中一陣不期而遇的微風
在風飄葉落之間，與你
邂逅

· 註：有人說二句，為 Dapheni 語。

三月無詩——兼覆陳謙

三月無詩，七月無穀
春天的號角被微風緩緩吹起
嫩芽繽紛
擎起，一片綠旗
向晴天，爭一些領空

唯我，三月無詩
播春天的種
在貧瘠休耕的田地裡
猶有布穀
不斷催促
布穀、布穀

急診室日記

前方的小女孩放聲嚎啕大哭
我不敢看，那悲戚
急診室一床的領土是妳的
耳朵、眼睛、鼻子都是別人的
所有的情境與現場
都透過空氣傳導而來
這世界，妳無所遁逃

左邊的縫合室像裁縫機沒有停過
門口標示病床等候人數 191
那比叫救護車還難呼叫的數字
比中樂透還遙遠的數字
到底是誰的發明？
折磨人的阿拉伯數字

一〇一室——
記與陳謙在佛光博士班同居的日子

讓八卦在枕邊夜行軍吧！繼續
雙人床未竟的遭遇戰
讓耳語沿著牆角流浪，繼續
在系所之間交際，直到
錯過茉莉一季的芳香

聽，野貓在二樓喵喵的叫
雲雀在窗外的高度築巢
茉莉的香氣在長廊獨自徘徊
追逐著雲霧翩翩起舞

不變的，英雄疲累的鼾聲
有龜山島傳來的回音
身軀拖著辯論的腔調起伏
在夢境，繼續舞文弄墨
繼續，佛山論劍

夢

夢中
我們舉起高腳杯，杯觥交錯
然後拋開善於偽裝的面具
扒開彼此道德的層層袈裟
舞動青春醉後的肉體
揮汗如雨
熾熱的四目交接，然後
火拼

夢醒
我們堆起笑靨
急於穿起交際的晚禮服
繼續，偽裝飢渴的彼此
繼續，言不及義的交談
按讚

衝浪

駕馭著文字在臉書衝浪
一幕幕的巨浪
　一波波的轟浪
總是在你來得及反應前
浪尖先你而至
不斷將你
吞噬

就算不斷按讚，停
更多的讚
飢渴的巴望著你
讚？不讚？
你已在光年之外
湮之外

五月雪

當陽明山上的杜鵑泣血飄零
繁花盡落
就輪到客庄綠油油的桐樹粉墨登場
滿山白髮
這山是父親，那山是祖父
植栽的樹人

山已蒼老，故鄉亦憔悴
唯有桐花
每年五月下的雪
白皙、純潔
雪白父親的山頭
也染白我的鄉愁

純詩主義 ——
賀一座新誕生的繆斯花園

就讓古典和達達主義繼續
爭辯，長頸鹿是否超級現實
在動物園的柵欄裡張望
現代和後現代已經搭起友誼的貓空纜車
主知和抒情秘密交媾，和解
情詩的信仰，永遠不褪流行

都市詩悄悄穿透，雲端
佔據台北 101 的天空
政治詩還在凱達格蘭大道靜坐
抗議

就讓所有的論戰都留給遠颺的二十世紀
新世紀溫煦的詩風
已經從南方海洋出發
揚帆吧，詩人們
給我純詩，其餘免談

福島

福爾摩沙島北方有福島，也有貢寮
都築著相同巨大的白色墳塚
寶島是福島，不是福島
福島不是浮島，卻飄浮在核子塵裡

鋼筋日夜進行鏽蝕工程
水泥圍阻體有寶特瓶加強結構
圈養著恐怖易怒的怪獸
我們在貢寮身邊日夜祈禱
那白色墳塋裡沉睡的惡魔
拜請隕石、地震和海嘯，千萬不要激怒牠
否則，春天就要開始去逃亡

孩子啊！
何時？我們才能給你
一個沒有夢魘牽絆的童年
一個純淨的非核家園

大航海時代的台灣

十七世紀總是灰濛濛的
波濤，洶湧自黑水溝踏浪襲來
或者，順黑潮而至
而那幾批穿戴奇異、舉止可笑的男子
繞過大半個地球，迢迢千里
蓄著幾撮短髭、散著一頭紅髮的蠻子
生意，滿腦子思索著

總是愛恨傷亡交織著，生意
在人種、國族間混雜
平埔族人、紅毛番、浪人、漢人、佛朗基人
殘忍報復、謀略順從，是彼此交談的複雜語言
在彷彿盤古時代
混沌蠻荒的季節伊始
命運之神恰巧在大員相遇

相遇，不為書寫歷史
海盜是鄭芝龍流竄的分身
尼德蘭人築堡普羅民遮堡、熱蘭遮城
西班牙人進了雞籠
鄭成功與某人，不約而同選擇由西轉進
歷史，不過是一連串的意外
算計與失算

失算的還有一批批前仆後繼的移民
不識黑水溝飢餓的陰森與浪花
不幸海底沉潛，在魚腹中仰望埋冤
東方的福爾摩沙
故鄉的父母妻兒，猶在
倚門思盼

‧讀湯錦台著《大航海時代的台灣》有感。

關於諾貝爾

傳說，那轟然的意象來自東方古國
一如寫詩的意境時常竊自你我她
放火總比救贖容易
死亡也較懺悔輕鬆
你卻扛起永恆的十字架
賭盤，在檯面上輪轉
流言蜚語滲透報端
耳語在酒吧間桌面下傳遞
於是，你拼命的趕路
在冬季前追上北方的糜鹿
那些傳說，或者流言已然飄散風中

有幾個人在您雕砌的書磚
摘錄一片醒世箴言？
尋找如玉顏，黃金屋
於是，你改行，寫起詩來
在一場絢麗的煙火過後
農夫還在貧瘠的田裡播種
漁民仍在浩瀚的海裡浮沉
戰爭，仍在遠方以砲火辯論真理

當春雷驚蟄過大地
人們紛紛祈盼雨水滋潤田畝
為何，遠方轟然傳來不停的戰火
春分前的雨水也化為彈如雨
下在乾涸龜裂的田裡
婦人在黃昏的圖畫田裡撿拾麥穗
不，是模糊的血肉

萬能的天神啊
就讓風吹走那迷濛的煙硝
雨水鏽蝕那燙紅的砲管
孩子的童年，不再被轟隆驚醒

宜蘭跑馬古道

來時路爬滿青苔
石階，仍在風中喘息
遠處千年的浪花
在浩瀚的太平洋
不斷翻騰

我只是
只是我呀
　一個小小的旅人
在微不足道的時間裡經過

先人的汗水
早已流入太平洋裡，澎湃
回首，猶有西風不斷
嗡嗡，在古道
跑馬

竹圍漁港所見

一條鯊魚向我游來
我急忙伸出雙手阻擋
噢！原來只是遞來的一對魚翅
錯將魚販看成鯊魚的身體

蝦蛄正在寶特瓶中忍受無期徒刑
小龍膽在水族箱中保鮮
張口，一開一闔的對我送出微笑
吐出的水紋是七傷拳，震傷我肺腑

再過去一些是大海的 baby
仔魚和超小龍蝦
迫不及待的趕著上架
無視未成年請勿上岸的海底交通規則

跨出大門，回首探望
架上的魚族
瞥見，門口大剌剌的貼著紅紙
年年有魚

輯六

夢花庄碑記

夢花庄碑記

千禧年的黃昏
一顆百年前沉思的巨石
長滿青鬚
坐在後龍溪畔，欣賞
秋意在芒花海上的波動
如浪濤，不停的湧來
翻飛也好
夢花也好

騎著黃昏的單車
探訪後龍溪畔
小河白髮的百年心事
等著的或許有魚、有蝦
或許有辮子，有日本鬼子
還有曾祖父蹣跚的腳步
我沿著河流的源頭回溯
踏尋原鄉深秋蒼茫的意境

再待一會兒，你將看見
滾動的夕陽隨著斑斕鐵馬
沿著河堤的環市道路

緩緩的轉進了縱橫的阡陌
染熟了金黃的稻穗
遍灑在玉清宮旁的曬穀場
稍不注意，就會被曲折光陰
幽暗曖昧的巷弄拐跑

跑進曾祖父依稀蒼白的銀絲
正與金黃的餘暉和飄揚的芒花
在巷弄中邂逅而翩翩起舞
一起闖入一八八九年的芒花叢裡
鮮紅的「夢花庄牌坊」記載著開庄（註）
立縣、安身立命的喜悅
由父親滴落我臉上的熱淚，傳遞曾祖父
移殖到我憧憬桃花源的腦海

竹籬笆圍繞著的世外理想國
斜陽裡的芒花，翻飛著夢境邊緣的意象
椿麻糬的木杵聲還在土屋牆腳邊迴盪
滔滔溪水傳來不絕的採茶山歌
在金碧輝煌的夕陽餘輝中
從山巔茶園流盪溪谷

再沿著與芒花共舞的顛躓舞步
一路跳向先民最初的願景

再待一會兒，你將看見
一顆沉思百年的巨石
長滿青鬚
坐在後龍溪畔，欣賞
秋意在芒花海上的波動
翻飛也好
夢花也好
如浪濤，不停的湧來

・註：苗栗縣政府為紀念於一八八九年設縣，
於民國七十一年七月，立一座牌坊於僑育國小北
側，記述其事：「苗栗城池，在貓狸之夢花庄，(舊
名芒花庄，俗名黃芒埔)。光緒十六年知縣林桂
芬諭派紳民環植荊竹(代替城牆)，周圍一千餘
丈……。」

豹

豹
在沙漠的邊際
蹲著
　盯著
　　等著
綠叢裡的花苞綻放
等著
　等著

忽然縱身一躍
在空中
在羚羊的脖子
創作，炫麗的紅花一朵

仙山

他鄉的遊子
時常在夢裡雲遊
乘飄邈的山嵐回鄉
尋妳，在星輝燦爛的松樹間
而松針是夢夏夜的雨絲
被離離的風聲吹落

仙山，幻化之鄉愁
是凝固時光中的海浪
無聲無息的波動，在雲端
仰望，厚實的山峰
如想望孩提時母親溫暖的胸脯
總是在異鄉疲累的酣聲中
韻律的起伏

時常在夢裡雲遊
他鄉的遊子
而松針是夢夏夜的雨絲
總是被離離的風聲吹落
時常，乘飄邈的山嵐回鄉
尋妳，在星輝燦爛的松樹間

．註：仙山，海拔九百多公尺，位於苗栗縣獅
潭鄉境內，終年雲霧繚繞，如在仙境，因此得
名。傳說山腰湧出之礦泉（又名仙水）在日據
時代曾治好村民怪病……

省道台三線

台三線．在福爾摩沙的心臟

偏左一點點．蜿蜒

隨著．你的心跳而韻律地脈動

想像．童年向道路無垠的兩端

無限地．延伸

我矇矓的．學生步伐

仍然顛跛在．石子路上

路面．被沉重書包踩的坑坑洞洞

課桌椅．被九二一大怪獸吞噬

而同學會．仍然遙遙無期

永興村．是我生命的源頭

是我．離鄉背景的起點

也是我．思念的方向

拜託．朋友

千萬不要．毒死獅潭溪裡的蝦兵蟹將

當你．轉進台三線

潺潺流水．奔放你原始的想像

鮮紅的草莓．迎妳以多汁的愛情

長綠的山頭．綠化你永恆的諾言

雪白的油桐花．是晚春五月裡的婚紗

這裡．沒有 7 ─ 11

柑仔店裡的阿婆　．　搭贈妳免費的笑容

　　沒有工廠的轟隆　．　只有啁啾的鳥囀

沒有眩目的霓虹　．　只有深藍的星芒

還有二十四小時　．　免費供應的芬多精

　　如果，你看到　．　我的三歲和七十八歲

　在玉蘭花樹下　．　乘涼

　　請收下我　．　天然的微笑

　　　　真誠　．　一切都免費

野薑花

曾遇見妳，在深山峻嶺
潺潺清澈的小溪畔
雪白的身影
像在樹梢邂逅的朵朵白雲
在風中搖曳的舞姿
就像奔泉在青石上激起的喜悅
當白鷺鷥從身旁翩翩飛起
彷彿，妳也是渴望振翅的白鳥

妳總是追隨著我當年的腳步，沿著河流
迫不及待的要到平地去闖蕩
像不甘寂寞的溪哥魚仔
一不小心就上了饕客的餐桌
而盜採者的腳步早已隨著土石流
溯溪，來到妳的家鄉
啊！我該如何洗淨妳
被工廠暗管染指的衣裳

在街頭，稍不留意就會灰塵滿面
總要花錢替妳贖身
帶妳逃離城市步步的陷阱

因為只有我記得妳年少清純的容顏
把妳供奉在世紀詩選旁
陪我在夜闌人靜時悄悄去夢蝶
試圖捉住青春的尾巴，奈何
妳已偷偷染指我，青春的髮梢

容我，像陽光擁抱你

如果，你對世界感到冷漠
往來像一堵堵堆砌的牆
容我，為你開啟一扇門
引領你到春天的花園，聆聽
滿園牽牛花為你開懷的歌唱

如果，你對社會感到失望
對鄉愿失序的狀況憤憤不平
容我，像小雨潤濕你
那是我淚水的感同身受

如果，你心中堆積過多怨氣
像一座蠢蠢欲動的火山
容我，為你開啟一扇窗
舒坦你鬱悶的胸懷

如果，你對愛情漸漸冷感
失溫的速度像年華的流逝
容我，像陽光擁抱你

長城懷古

一腳就跨上歷史的顛峰
多少皇朝賴以苟延的屏障
苔痕是血淚和歲月不斷爭戰的象徵
撫視時間被遺忘而傾圮的角落

變幻的是城垛兩岸輪迴的風景四季
千年不變的是南方草原不斷滋養的風風雨雨
回首來時的道路坎坷依舊
前面的路途卻叢生草雜

啊！遠處的烽火台
據說毀於吳三桂守關那一年
如今，誰來？擎起微弱的火炬
點燃千年不舉的狼煙

所謂豐功偉業？成就了多少梟雄
在教科書裡不斷殺進殺出
好漢絡繹於途
而英雄，早已滾落歷史的長城

春日記遊

北斗七星隱落在七星山的綾線後
春日，在擎天崗的草皮上昇起
熱情催熟了山坳的杜鵑
驚起，花間綻放的啁啾山雀
櫻花繽紛，短暫而絢麗
是季節的外遇

日暮時分
明媚的春姑娘被微風，拐跑
搭上季節的賞花公車
從陽明山沿著仰德大道
　　三段
　　　二段
　　　　一段
　　　　　一
　　　　　　　路
　　　　　　　　狂
　　　　　　　　　飆
綠進了喧囂的台北城

夜色

在夢不能到達的角落
太陽剛剛熄燈
酒吧裡的月色迫不及待的亮起
孩子們盡情用熱舞揮灑青春
以威士忌灌醉孤獨
寂寞誘惑寂寞
催情的親蜜戰友
由甜言和蜜語粉墨登場

清晨五點三十七分
身為清潔隊員的母親
在街頭酒店轉角的巷口
輕輕
掃起一堆女兒昨夜吐露的真言

銅像

太陽煎烤著他汗流夾背的軀幹
雨水澆濕了他筆挺的戎裝
（他終於體會成為偉人所需的毅力）
一波波遊行的群眾在他眼前
無動於衷的去了又來
紛亂的廣場已非昔日所能掌控
在那個令人不寒而慄的年代
啊！使個眼色而已

想當年……
站在他打過臘光亮頭頂上的麻雀
不自覺的踱了起來

上尉

上尉每天早起，尋視營房
　　緩
　　　　緩
　　碎步
在榮家分配的陣地
守衛僅有的領土和牆上
偌大的地圖與小小的國旗
陽光是久違的戰友
窗外烏雲一直不曾遠離

堅強的膽汁在肚裡秘密
結黨成石
尿液像沈默的黃河常在夜裡氾濫
朦朧成揮別時最後的淚眼
回憶的榮光像尿袋一樣沈重
雙腳卻舉步維艱
白內障所瞄準的遠方
螢光幕裡，依舊國事如麻

肩膀上扛過三個國家賦予的重擔
變換，歲月在臉上的加冕
額頭上的槓槓早已超過三條
終究開不出一朵梅花
除爆開在他腦微血管的那一朵
大概是憧憬太大的緣故

超載的五十肩，柱著的拐杖
是生命中最後一把武器
歲月卻在頭頂偷偷密謀造反
紛紛豎起白旗
上尉知道，他決不再撤退

鐘錶店

巷口老王
買二個鬧鐘慶祝
兒子剛從高中畢業

一個傷心的母親哀求
修理，給孩子的金錶
秒針摔碎在筆直的馬路上
分針隨風聲呼嘯而過

一位老榮民
要求修補錶裡的日期
據說，那歲月被子彈貫穿
陪著他的另一隻手掌
藏在徐州大會戰的壕溝裡

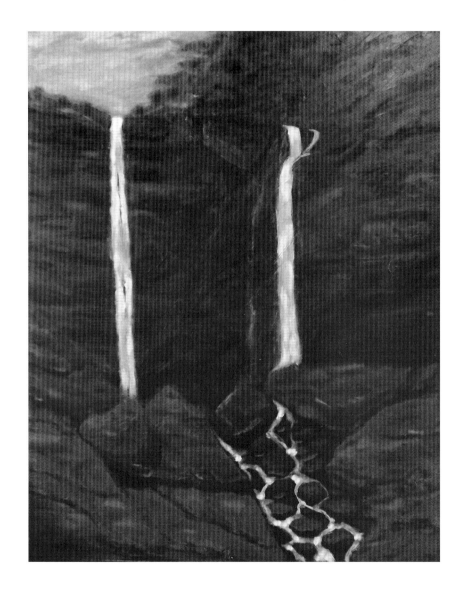

第七輯

思憶症

思十四行

昨夜，當妳走過夢境邊緣
我竟忘記，請妳進來坐坐
特意的遺忘，只因
被震碎的中心區
再無妳歇息停駐的角落
風起的時候，我拒絕關窗
昨夜淋溼的心情，迫切需要風乾
碎裂的峽谷等待填補
蒼黃的風砂或者，滾燙的海潮
月亮遺忘了約定，唯恐
永恆易解，而黑夜太長
愛情太短，而遺忘太難

陳述想妳時的意境，是我
窗外紛飛的雨絲

憶十四行

妳遺落的髮梢，殘留著夏末
野薑花的馨香
凋謝的形影搭上西逝的流水
在波峰間，追逐的快馬
杜鵑泣血，抖落一地楓紅
掩飾深秋踽踽的小徑
西風揚起，傳遞古道窸窣的鄉音
那是妳遠颺的步履，我輕傷的悲鳴
即將埋葬的世紀末星空
獅子座的眼裡
曾經有妳閃耀的靈魂
照亮我黯淡的歸程
如今，我馱負著冬眠的星空
獨自踏上另一個歸程

症十四行

全世界都清醒的時候

唯我獨醉

微醉於拂面而逝的薰風

沉醉於和煦的陽光初吻

溺陷於飛瀑清泉的擁懷

從冥冥的星空中出發

去找尋

前世無緣的相逢

一次悲愴的燃燒，足以

穿越永恆的魔障

真心照耀過的永夜，必留下

淺藍色的星軌

在遺世獨立的新晨

對妳，我患了無可救贖的思憶症

神木十四行——
記拉拉山神木

信仰永恆
所以一直堅持站在這裡
看看永恆到底有多久
想望天地有多高厚
所以不停向上探求、向下探索

偶爾有衝動的念頭
就讓落葉隨風去飄泊
偶爾有繁衍的念頭
就讓毬果呱呱墜地去實現
若有蟲鳥的汙衊
就有雨淚清楚的還原

你問我永恆有多遠
我還沒有找到答案，仍在追尋
你說，永恆到底有多遠？

創作人生

我是喁喁的蠶
書是精選的桑葉
詩，是我嘔心瀝血的
絲

我老時，請用我精煉的絲
包裹我的孤獨成
蛹

讓我蛻變成幻化的
蛾
朝歷史的火焰勇敢的
撲去

孤獨者

站在二十一世紀的十字路口
紅綠燈同時閃爍著迷惘
前不見永恆的追尋者
後不見過往的引燈人
班駁路標模糊了前進的方向
滾滾煙塵朦蔽著遠眺的視界
夢見，傳說中遺世的桃花源
卻遍尋不著渡津的溪口
像一朵漂泊的雲彩
不知將飄往古老的東方情境，或者
南方泰戈爾的理想莊園，或者
追逐西方的前衛浪潮

昨夜有風，在我
蒼茫的太白月光下，獨自，搜尋

釣蝦場裡的對話

你、你、你⋯⋯
不要拿我生命開玩笑

我、我、我⋯⋯
只是來打發時間

你、你、你⋯⋯
你的歲月不要在我生命裡
掙扎

夢在擎天崗上

春風吹上擎天崗
孩子在童年的斜坡上翻滾
牛羊漫步在陽光的悠閒裡
啃食著年少的芳草

那朵流浪的雲
是否飄往南方的天空
記得在我青澀的操場停留
只為那場尚未結束的球賽
以及校園那朵初開的玫瑰

隨風遠颺的風箏
可曾回頭看看
我的牽繫
還有多長？

垂柳

妳說

我靜像詩意的西湖

而妳輕身一斜

臥成湖面的

　　　垂柳

春風輕輕撩動

　　　妳的秀髮

　　　我的湖心

都隨之

　　　盪

　　　　漾

水

妳柔順的外貌

有時，澄明如鏡

我曾在妳平靜的胴體上徜徉

撫摩那絲絲垂柳，試解風情

偶爾，妳是暴烈女王

掀起的波濤

傾覆我惶恐的小舟

一艘渴望停泊的風帆

無法測量妳愛慾的深度

親愛的，我該如何

攫取妳善變的心

唉！不安定的妳

幾度落淚

幾度流浪

輕聲告別

有一天，悄悄的我走了
朋友們，請不要傷心哭泣
喧嘩只會引起騷動
讓陽光引領你們到我墓園來
像盛裝赴同學會一般輕鬆

請讓我悄悄的走
就像我悄悄的來
請你們不要用銀紙收買心安
我討厭銅臭的異味
它奴役了我一輩子
夠了，在另一個世界
我選擇的職業是詩人
不需花錢，只要感動

如果可以，請你們
帶一束我摯愛的香水百合
或一首你們嘔心瀝血的雋永小詩
容在你們走後仍有
飄渺的花息
和溫馨的詩歌
伴我走過漫漫長夜

初戀情人啊
請你在夜深人靜時單獨
帶一束深紅玫瑰，和
第一次約會的心情前來
我將化作溫柔的微風
輕輕愛憐你的秀髮

當你仰望穹蒼時
我將化作星星
你會發現最亮的我
正向你脈脈的訴說
你可以坐在我身旁皎潔的月光裡
傾吐別後歲月成長的煩惱和喜悅
當你要離去時
請記得把我遺忘
遺忘在永恆的星河裡

最後，如果發現你們含淚的眼
我將化作微風
把你們眼角的感動
輕輕的留下

城市速寫

坐在速食店的玻璃裡享受
窗外快感的風景
蛇在馬路上盡情游走
季節風追不上木棉花的飄零
黑金生產趕不上挖掘的速度
忙碌的公車沖著我來
馬路追逐著計程車咆哮
排氣管說的廢話比人們多

我坐成了一座孤島
在鏡面泛動的光流裡努力泅泳
想逃離波濤洶湧的暗潮
驀然發現
這城市
人比路燈寂寞

搜尋

一隻座頭鯨在花蓮外海
向無垠的湛藍，求愛
發出尋偶的音響
那頻率以七點三級的規模
撼動島嶼的倥傯
浩瀚的太平洋回應以靜默
以貝殼空氾的水想

直到百年以後
所有的鯨豚
成就另一類考古學
愛，仍在漁船間擺盪

政客

好想，為他們訂製一付風骨
清瘦的身影
不必餐餐需索油水滋補
無邊的胃口

好想，送他們一根扁擔
讓那些搖擺的身軀
擔一擔
我們沉重的生活
的苦

好想，為台北偉大的政治家們
打造一座斷層上的組合屋
讓高貴的長官們貼近地表，傾聽
地心溫柔的跳動
感受溫室熱情的烘焙
以及萬能天父的冷感反應
徹夜享受大自然雨季交響樂章
在鐵皮屋頂上盡情歡唱

好想，為他們打造一座古羅馬競技場

規則，皆由衰衰諸公律定

儘管用我的熱血當勝利紅酒

用我頭顱身軀當戰利品

供您們盡性，豪奪

競技

桃花在雨中哭泣

落葉在風中展翅

怎知即將一去不返

桃花在雨中哭泣

泥濘即將玷污的容顏

百花在群蜂間亂舞

無知青春怎堪如此揮霍

玫瑰在高腳杯旁落淚

泣訴杯底消逝的年華

誰懂？暮秋的蘆花心事

只好從淡水河畔一直白到南方故鄉的溪口

紀念品

兄弟鬩牆的陰森夜晚
月亮不禁慚愧掩面
繁星也躲在雲後哆嗦
北方夜魔趁機在你腰間吻上
結實的芳澤
夜裡的問候特別激動
迎面的鄉思竟是痛苦

熱血擦亮的星星特別耀眼
海沙吻過的烙印份外清晰
五顆發亮的星夢淚痕
依舊激動
他們從你腰間悄悄偷走
歲月的風霜

・後記：金門古寧頭大戰在姨丈腰間留
下五個彈痕的傷疤，至今依稀可辨……。

再別台中

時間就停駐在巴洛克式的火車驛站
百年風華猶存的柳川某巷
公園和額角刻劃著千年不變的深度
混濁的池水一如混沌的天空
攪亂了池中初現的太陽倒影
舞台上唱和的依稀是三國的忠義
台下仰慕的眼神逐漸逃離
都擠進框框的科幻和煙幕酣戰的方城

時代巨輪闖進大肚山的芒草堆裡
聳立著商賈巨富的豪情渴望
堆砌的是尋常百姓底歲月心血
墊底的是房間疏離的天倫夢想
一花一草得攀附淺層的土壤
只有那一磚一瓦掙向天空出頭

萬畝良田種的不再是綠油油的秧苗
收割的依舊是黃橙橙的果實
銅牆鐵壁找不回失落的安全感
玻璃帷幕反射著世界的冷漠

阡陌縱橫黑金

只剩重劃區內的青春永駐

溢出的歌聲依舊祝您歡唱愉快

如果你來，此處盡鳴喇叭

因為這裡有我最初及最終的愛憐

唯一的例外——

是山麓教堂的鐘聲

它正敲響世紀末的警語

也敲擊著新世紀的大門

狂飆少年

年輕的身影在夢想邊緣追逐
速度快感在風中的極限
生死了一念之際，瞬間
淚水與歡笑在背後捉迷藏
共渡
落葉時節愛恨的紛飛

你說
從兩峰間飆進歡愉之谷
只需一秒

我說
不戴安全帽，會死
不戴安全套，會生

牙膏

每天早起

蟄伏在無意識的空間

在水泥森林中求生存

管他

　　黑人

　　白人

擠出的流金歲月

都一樣

蒼白

海螺

偌大天地間
只求容身一臥地
避風避雨避世

在混濁的浪潮裡
我只能隨波逐流
浪來時，隱入
潛沉的私密地
殼的堅硬足以阻隔大海
無情的嘲弄

不要試圖煩擾我
吹響的螺聲
足以震聵你市儈的耳膜

詩人選粹 6

貓貓雨
劉正偉詩選

作　　者：劉正偉

美術設計：許世賢

編　　輯：邱琳茜　陳潔晰　黃玟慧　麥麗雯

出 版 者：新世紀美學出版社

地　　址：台北市民族西路 76 巷 12 弄 10 號 1 樓

網　　站：www.dido-art.com

電　　話：02-28058657

郵政劃撥：50254486

戶　　名：天將神兵創意廣告有限公司

發行出品：天將神兵創意廣告有限公司

電　　話：02-28058657

地　　址：新北市淡水區沙崙路 25 巷 16 號 11 樓

網　　站：www.vitomagic.com

總 經 銷：旭昇圖書有限公司

電　　話：02-22451480

地　　址：新北市中和區中山路二段 352 號 2 樓

網　　站：www.ubooks.tw

初版日期：二〇一八年三月

定　　價：二八〇元

國家圖書館出版品預行編目 (CIP) 資料

貓貓雨：劉正偉詩選 / 劉正偉著 .-- 初版 .-- 臺北市：
新世紀美學，2018.03　面 ； 公分 . --(詩人選粹 ;6)
ISBN 978-986-94177-6-1 (平裝)

851.486　　　　　　　　　　　　106025285

新世紀美學